LES TROPHEES DE LA VICTOIRE DV ROY.

ET LES POMPES DE SON ENTREE A PARIS.

Par le Sieur DV BAIL.

A PARIS,

Chez IEAN MARTIN, au bout du Pont Sainct Michel, prés le Chasteau S. Ange.

M. DC. XXVIII.

AV ROY,

SONNET.

GRAND ROY, que la valeur rend
si fort redoutable,
PRINCE, dont les vertus font
de si beaux effets,
Que tous vos mouuemens sont iustes & parfaits,
Que voftre Majesté se treuue inimitable!
  L'Vniuers ne voit rien qui vous soit compa-
  rable,
L'Air s'entretient du bruit de vos genereux faits,
Et tous les ennemis que vous auez desfaits,
Font-ils pas voir par tout voftre bras indõtable?
  Qui pourroit supporter la force de vos coups?
Les courages plus grands ne redoutent que vous,
N'eftes-vous pas le Mars qui preside à la guerre?
  Tout tremble deffous vous, tout vit sous
  voftre Loy,
Vous vous-eftes acquis tant d'hõneur dãs la terre,
Qu'on vous prend pour vn DIEV, pluftoft
que pour vn ROY.

LES
TROPHÉES DE
la Victoire du Roy.

ODE.

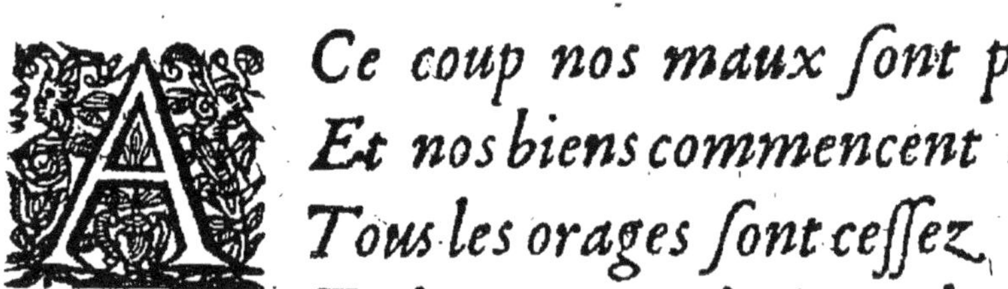

A Ce coup nos maux sont passez,
Et nos biens commencent à naistre,
Tous les orages sont cessez.
Et les vents n'osent plus paroistre.

Les mal-heurs se sont retirez
D'où l'on les auoit attirez,
LE ROY nous monstre son visage ;
Que craindrions-nous desormais,
Puis qu'à l'abry de son courage
Nous pouuons reposer en paix ?

Nous voyons un nouueau Printemps,
Qui donne vigueur à nos flames,
Nous sommes libres & contens,
Les plaisirs rauissent nos ames.
Nous n'auons plus autour de nous
Tant de chagrin ny de courrous
De l'absence de noftre PRINCE;
Car il a desia pris congé
De cette rebelle Prouince
Où le Sort l'auoit engagé.

Le voicy CE MARS GLORIEVX,
Que le Ciel a pris en sa garde,
Le voicy CE VICTORIEVX
Que toute la Terre regarde:
VOICY LA MERVEILLE DES ROYS,
Qui fait tout trembler sous ses loix;
Voicy ses Pompes magnifiques;
CE PRINCE a vaincu plus d'hazars,
Et fait plus d'actes heroïques
Qu'Alexandre ny les Cesars.

Il vient de combattre l'Enfer,
Et d'y faire voir sa puissance,
Changeant nostre siecle de fer
En un autre âage d'innocence:
Ses veilles, ses soins, & ses maux,
Sont de plus glorieux trauaux,
Que ceux-là d'Hercule & d'Vlysse;
C'estoient deux Princes bien puissans:
Mais, LOVYS, qui destruit le vice
Merite bien mieux des encens.

Neptune qui s'estoit promis
D'arrester le cours à sa gloire,
En un moment s'est veu sousmis
Au triomphe de sa victoire:
Si bien que ce grand Roy des eaux,
Suiet à des Edits nouueaux,
Voyant limiter son Empire,
Ne se nomme plus Souuerain,
NOSTRE ROY sous qui tout respire
Tient son sceptre dedans sa main.

L'on voit defia que l'Vniuers
Eſt preſt de ployer ſous ſes armes,
Et defia ſes peuples diuers
Tendent les bras à ſes gens d'armes;
Ils le preſſent de s'approcher:
Les Dieux l'en peuuent empeſcher,
Leur pouuoir n'a point de limite:
Mais s'ils ſont auſſi ſes tuteurs
Voudront-ils pas que ſon merite
Commande à tous ſes ſeruiteurs.

Qui peuuent-ils mieux ordonner,
Pour regir l'Empire du monde,
Que NOSTRE ROY, qui ſçait donner
Des loix ſur la terre & ſur l'onde?
L'ont-ils pas bien fort eſtimé,
De l'auoir eux-meſmes nommé
Le fils aiſné de leur Egliſe?
Vn peuple, qui veut ſe ranger,
Où peut-il mieux eſtre en franchiſe
Que chez l'appuy de l'eſtranger?

L'on

L'on ne connoist point de valeur,
Qui soit si grande que la sienne,
Elle a forcé nostre douleur
A quiter sa rage ancienne :
Combattant pour nostre repos
Mille dangers à tous propos
Cherchoient la perte de sa vie :
S'il eust esté nay pour mourir,
Ie ne doute point que l'enuie
Ne l'eust à la fin fait perir.

Mais luy qui se connoissoit tel,
Estant armé pour sa deffense,
Se mocquoit de ce coup mortel,
Qui luy vouldit faire l'offence ;
Tout autant de trais qu'il lançoit
C'estoient des corps qu'il enfonçoit
Au monument de leurs Ancestres,
Qui, iadis, rebelles comme eux,
Oserent bien faire les maistres
Contre trois grands Roys ses ayeux.

Comme ie trace ces discours,
CE SOLEIL monstre sa lumiere,
Ie voy qu'en poursuiuant son cours
Il approche de sa carriere :
GRANDS DIEVX, que de diuinitez,
Que de charmes & de clartez !
Maintenant PARIS n'est plus sombre ;
Puis qu'il voit l'Astre de son iour,
Qui dissipe doucement l'ombre
Pour l'éclairer de son retour.

Que de prodigieux effets
Sortent de cette ame Royale !
Ses mouuemens sont si parfaits,
Qu'elle ne treuue point d'égale !
L'on se perd pour trop l'admirer,
Et qui voudroit considerer
Toutes ses graces nompareilles,
Perdroit bien tost le iugement :
Pour loüer toutes ces merueilles,
Il faut viure eternellement.

A voir ainsi ce PRINCE armé,
L'on croit que le Dieu de la Guerre,
Pour rendre le peuple charmé
Soit arriué du Ciel en Terre.
Au milieu de ses estendars,
Nous admirons ce ieune MARS,
Dont le port, la taille, & la grace,
Nous le font prendre pour vn Dieu :
Ne sort-il pas de cette race
Pour estre mis en mesme lieu ?

Toutes les Nymphes des Forests,
Auecques celles de la Seine,
Ont quitté les eaux, & les rets
Pour accompagner nostre REYNE,
L'Amour les suit à petits pas :
Mais quand le ROY void les appas
De son ADORABLE PRINCESSE,
Il se sent échaufer le cœur,
Et brûlant d'amour il confesse
Que cet objet est son vainqueur.

Ainsi, l'ALCIDE TRIOMPHANT,
Qui vient d'enchaiſner les Furies,
Eſt ſurmonté par vn enfant,
Par de plaiſantes batteries,
Le meſme dard qui l'a bleſſé,
A bien d'autrefois trauerſé
L'ame d'vn Dieu pour moins de choſe,
CETTE ANNE, qui charme le Roy,
C'eſt ſa REYNE, où le Ciel depoſe
Tous les threſors qui ſont en ſoy.

FRANCE, aſſeure toy deſormais,
D'eſtre abſoluë en ton Empire,
Ton los eſt plus grand que iamais
L'on n'oſera te contredire :
Ne ſonges plus à tes mal-heurs !
Laiſſes là le deüil & les pleurs !
Braue le temps & les années !
Souz l'appuy d'vn Prince ſi fort
Tu peux vaincre les Deſtinées,
Et donner des loix à la mort.

Vois-tu pas comme abondamment,
PARIS prodigue sa richesse,
Pour marquer plus superbement
Le transport de son allegresse?
Resiouys-toy donc à ce iour,
Que les Deïtez de la Cour
Font tant d'honneur à leur Monarque:
Ne crains plus rien, vis en repos,
Celuy qui gouuerne ta barque
Tient un Empire sur les flots.

Ces Arcs de triomphe apprestez,
Ces Festons, & tous ces Portiques,
Que les hommes ont inuentez
Pour les entrées magnifiques,
Sont bien les moindres instrumens,
Qui seruent pour les ornemens
De tous ses insignes trophées:
Ouyt-on iamais rien de plus beau
Que sont les voix de tant d'Orphées
Qui tirent les morts du tombeau.

Ces feux qui causent que la nuit
Ne recognoist point de tenebres,
Font retentir l'Air de leur bruit :
Mais que ces Pompes sont funebres
A tous ces lasches ennemis,
Que nostre grand Prince a sousmis
A reconnoistre sa vaillance :
Et qu'ils sont faschez de le voir
Triompher de leur insolence,
Et eux esclaues du deuoir.

Tous ces superbes appareils,
Qui ne se font que pour sa gloire,
Feront voir ses faits nompareils
Dans le liure de son Histoire :
Vn iour l'on s'en estonnera,
Mesmement lors que l'on verra,
Qu'il a fait de si grands miracles
Qui n'ont esté que ses esbas;
Il faudra les voix des Oracles
Pour asseurer tous ses combas.

A la fin, le voicy rendu,
CE GRAND ROY, *la gloire des hommes,*
Dont l'honneur si fort attendu
Embellit le siecle où nous sommes.
Que tous ces beaux actes guerriers
Qui l'enuironnent de lauriers,
Rendent sa victoire parfaite!
Son renom volle iusqu'aux Cieux,
Et l'on croit qu'en cette desfaite
Il a trauaillé pour les Dieux.

FIN.